KB070932

바람결에 터플

임선영 제4시집

시원
도서출판

무엇이 즐거운지 그냥 즐겁다
큰 부자인 것도 아니요 꽃처럼 고운 것도 아닌데
즐겁다 감사하다 흐뭇하다
볼 수 있어서 좋고 걸어서 좋고
콩나물에 나물 반찬이어도
발 뻗을 곳 있어서

얼씨구! 손잡아 주는 사람 있어서
절씨구! 밝은 옷 걸치고 즐거워서 찍어줘 하면
하! 멋져 자네 누구 마누라여
이 보다 더 큰 복 어디 있던가

만사가 부자 같아
클 때 작고 작을 때 큰 것
활짝 벌어지며 웃음꽃이 핀다
무슨 복으로 주신 감사 생활 속에
자신을 곱하고 나면
걱정도 시련도 슬픔도 제로가 되는 삶
모두가 고마움이 되는 삶

화선지에 그림을 그리듯 원고지에 시를 쓰듯
난 내 삶을 예쁘게 그리고 쓰며
살아 갈 수 있어 참 행복하다
훌쩍 날아 갈 그날까지……

2023년 봄
인천 임 선 영

‖차 례‖

제 2 부 __ 그 날

제 **4** 부 __ 끝자락

제 5 부 __ 마음자리

제1부

그 때 그 곳

나물캐던 봄날

양지바른 담벼락 밑
감추어 둔 바구니 들고 오금발로
쏜살같이 줄행랑쳤지
손 튼다고 혼내던 엄마 무서워
쑥 달래 냉이 쑥부쟁이
삘기 뽑아 먹으며
꼬랑물 소리 장단 맞춘
고사리 손 오물오물
소꿉놀이 친구들 놀이터
지천으로 깔려있는
봄 둑에 나물거리들
비렁뱅이 주워 들 듯
캐내던 풀 걸이들
소쿠리에 모여드는 봄나물
신기하여 털고 또 털던 때
다시 올 수 없는 보물
시간을 열고 걸어가는 길
그 시절 있어 참 아름답네.

대보름 다리밟기

대보름날 저녁 온 동네 잔칫날
친구 집 옆 조그만 다리에 모여
달구경 하고 돌다리 두루 돌아다니며
액 물리치며 깡통에 불꽃놀이 했지
병 쫓았는지 효과 불문하고
정월 대보름날 저녁 밝은 달빛 아래
수많은 동네 사람들 삼삼오오 무리지어
다리 밟고 다니며 낭만을 즐겼지
밸런타인데이라 들뜬 현대판 젊은이들
대보름날 다리 한번 밟아보면 어떨까 싶고
이웃 친구 어깨 걸고 걷던 아름다운 풍습
정과 그리움 품게 하는 귀한 선물
해 저물녘 회상을 떠들어보니
달빛이 끌어안아 주던
마술 같은 그림 그린 자연
그 속 동화 속 공주였네.

풀 산더미 만들던 손

풀 베러 가던 날 있었지
놀이 가서 즐기듯
지척에 널려있는 풀들
한아름씩 베어서
너도 나도 쌓아 모으면
풀 산더미 되었던 시절

여린 손 모여 만들어진 산
밭에도 논에도 뿌려져서
누런 벼이삭 되었지
자연을 누리며 즐기며
순리에 순응하며 살아가던
고생이 약이 된 시절

지금에 와 돌아보니
금쪽같이 귀하고 귀한 시간
진리에 순응하며 주어진 대로
아름답게 꾸며가던 시절
무공해 보석이었네.

모 심으러 가던 날

도시락 없이 소풍 간다고
친구들 수다 신작로에
깔려서 춤을 추던 때
모심으러 가는 날이었지
난생 처음 해 보는 모심기
거머리가 붙은 발로
이리저리 뛰는 논바닥 춤사위
푹 찐 달콤한 감자와 찐 옥수수
점심에 전부지만
꿀맛이었던 추억 있던 날
허허벌판 모종에 모여 앉아
이야기 꽃 피우던 쉬는 시간
자연과 같이 하던 사회성 교육
요사이 아이들은 꿈속에서 듣는
아름다운 인간사 이야기
지금 와 생각하니
고생을 잘 받아들이는
교육의 큰 가리킴이었네.

널뛰기

호야 불 밑 밤새워 동정 달고
인두로 꼭꼭 눌러 다려 놓으면
쑥구사 빨강 치마 노랑 저고리
횃대포 밑에 걸어 놓였지
그제야 호야불은 꺼지고
목젖 밑까지 이불 끌어안고
새벽잠 들던 그날
밤새워 만든 때때옷 갈아입고
세배 가던 친구 집
동치미와 흰 콩구물 찰떡
세상에 없던 귀한 설 잔치
설빔 입고 세배하던 한 해 첫날
널뛰기 신이 났던 그 시절
탁 떨어지면 툭 하늘까지 오를 듯
빨강 치마 풍선으로 휘날리며
초록 꽃신 공중에서 빛나던 시절
꿈이었었나.

땅따먹기

고향 집 앞마당은 온통 금나라
엄지와 중지로 사금파리 툭 쳐서
여기저기 선 그어놓고
여기는 내 땅 저기는 니 땅
땅에 한이 맺혔나
땅만 많으면 부자였던 시절
시간 가는 줄 모르고
마당에 선 긋고 차지하던 부
비 한바탕 쏟아지고 나면
허망하기 짝이 없던
없어지던 내 땅
마당에 그려지던 인생
옛날 이야기 된 지금
고향 땅 마당에 서면
땅 보다 귀한 회상으로 쌓여
정으로 금자탑을 쌓는다.

고무줄놀이

땡땡땡 쉬는 시간이다
쏜살같이 모여든 계집아이들
검정 고무줄 한 주먹
좍 펼쳐 들고
압박과 설움에서 해방된 민족
싸우고 싸워서 세운 이나라
합창이 울려 퍼진다
폴짝폴짝 고무줄 발 사이에 끼고
자꾸자꾸 뛰면서 사랑하던 나라
가지렁이 하늘을 향해 삿대질하다
고무신 휭 하늘이 빼앗아 가면
맨발로 뛰어오르던 공중
톡 떨어져 고무줄 감아올리던 찰나
땡땡땡 수업 시작이다
운동장에 꼬배기신 내팽개치고
교실로 달려가며 공부하던 나라
저고리에 코 묻히며 날 키워준 나라
싸우고 싸워서 키워준 이 나라
고무줄놀이 처럼 얽혀서
잘 이겨내자 코로나.

그네 타기

국민학교 운동장 구석
몇백 년 늙은 팽나무 밑
어린이들 놀이터였지
명절이 오면 동아줄 두 줄
가지에 매달은 채 흔들흔들
우리들을 불러댔지
때때옷 갈아입고
두 발 두 손 굵은 동아줄에
의지한 채 서서히 밀어주는
벗들 힘에 하늘 높은 줄 모르고
올라가던 공중 곡예
엄마가 만들어준 하얀 인조 속치마
때때옷과 어울려 꽃을 피우면
한 송이 함박꽃이 공중에 피여
하늘을 수놓던 그리운 시절
계집아이야 왜 그리 그네를 잘 타
그 소리 들으면 의기양양
세상이 내 것 인양
발그레한 볼 트는 줄도
모르던 꿈같은 시절.

자치기

여기저기 마당에는
한 뼘만큼 구덩이가 나 있었지
남동생들 넷이서
누님 누님 따라다니면
야들아 나랑 놀자
작은 구덩이 파 놓고
그 위에 얹은 대나무 휙 치면
담 밑까지 날아가 처박혔지
와! 내가 더 많이 날릴 수 있지
너도 나도 휙휙휙
큰 누님 따라 올 장사 있던가
억울할 즈음이면
야들아! 밥 먹어라
정지에서 엄마의 고함소리
소리소리소리
다 어디 간 거야.

Give me 껌

우리 집 옆 신작로는
몇 년이나 묵었는지 늙은 포플러나무
흙먼지 뒤집어쓰고 줄지어 서 있었지
저리 가면 전주요 이리 가면 이리
버스며 트럭 또 미군 장갑차
가끔 오가던 자갈길
먼지를 일으키며 덜컹덜컹 달렸지
장갑차에 앉은 코 큰 무서운 아저씨
얼굴에 검은 칠한 이가 하얀 아저씨
give me 껌 외치며 쫓아가면
노랑 바둑껌을 신작로에 툭
달려가 주운 달착지근한 껌
보물인양 주워 들던 때
흘러간 뉴스에 그때 비치면
가슴 울려 감사생활 한다네
그래도 그 시절 있었기에
지금 여기 행복 가득하네.

그리운 고향

신작로에 푸라타나스 춤을 추던
마한의 옛터라고 늘 자랑하던 터
할머니의 손주 사랑 가득하던 곳
엄마의 사랑으로 아늑하던 자리
배꼽 친구 가득하여 재미있었고
집안 어른 가득히 모이던 우리집
평상에 누워 별 하나 별 둘
삼베 홑이불 덮고 세이면
수없이 떨어지던 별똥별
모깃불 여름 하늘에 그림 그리고
풀벌레 모여 합창 무르익으면
마당 풍악 품어 안고 잠이 들었지
어쩔 수 없었어 어린 시절 회상
그곳 하늘이 거기에 바람이
텃밭에 단 수수 쪽쪽 빨던 기운
그냥 품속으로 기어들어와
서정을 만들었고 시인을 만들었지
못 잊어서 잊지 못해서.

그리워서

그리도 많은 선물 중에
당신은 붓놀림 춤사위를 주셨던가요
그리울 때면
보고파질 때면
하루종일 붓을 치며 그려 봅니다
초록호남만리정에
아름다운 가야금 소리가
단비를 머금은 풀꽃 사이에서
들려오네요
아가! 그립다고

손주 사랑

퍼내도퍼내도 차오르는 샘물처럼
솟아올랐지 무상의 그것은
그렇게도 맑았고 헤펐고
눈에 넣어도 아프지 않았지
만지작거리며 안고 걸으면
금세 요정이 나타난 듯
가슴은 간지러워졌고
그냥 쳐다만 보아도 웃음보가
와그르르 무너져 내렸었지
인생에서 이것처럼 귀한 것이
어느 구석에도 없는 맛볼 수 없는
귀한 작품의 탄생이었지
잊을 수 없는 그날들의 회상들이
살게 하고 그리게 하고 기도하게 하며
몰라주면 어떠리 알아준들 무엇하리
다만 지나가는 인생의 한 토막인걸.

옛 모습

세월이 그리 흘렀는데도
몇 개의 명예 어깨에 걸쳤건만
여전히 빛바랜 눈빛 아니었고
손목 무거워 보였지만
때 묻지 않은 표정 걸려있다
운명의 파도를
솔직히 털어놓는 수다
들을 처지 아니건만
가면을 다 털어내며
후련하게 가지는 순수
옛 모습이 듣고 있다
그거였지 보고픔은 그거였어
제대로 같이하지 못했던
그 시절 이야기
고향 같은 이야기 털으니
폭염 뒤에 오는 시원한 바람
진짜 헤어질 날 가까운데
아! 이제는 됐다.

그리운 고향집

사랑방 툇마루 얽히고설킨 등나무
보라꽃 주저리주저리 피면
턱 고이고 하늘과 친구하던 집
검정 무지 치마 모분단 저고리
버선발에 검정고무신
머리 땋아 리봉 단 언니
선 보던 날 생각나는 집
둥글고 네모 난 상
큰방에 차려놓고 숟가락 젓가락 장단
쌀밥은 할머니 밥 보리 섞은 손주들 밥
된장국에 김치면 맛있던 집
형제자매 아랫목에 발 담그고
옹기종기 한 이불 덮고
철없는 정 스며들어
서로 끌어안고 자던 집
굴곡진 언덕넘어 온 정과 사랑
꿈과 희망 시와 그림으로 피게 한
노년의 인생 수를 놓게 한
그리운 고향집.

하숙집

백선이 자랑스럽던 딸
쌀 여섯 말 포도청 값
머리에 인 어머니
차부까지 오셔서 실어 주시면
전주로 가는 신작로 먼지 길
꿈길 갔던 그 시절
콩나물 반찬에 콩자반
계란부침 하나 밥 위에 얹히고
작은 유리병에 김치 담아
점심밥 싸주던 집
늘 같은 반찬
인심 쓰듯 툭 방에 들여놓고
"학생 점심 도시락"
그래도 그 밥 참 맛있던 집
기찻길 뒤편 동네
아저씨는 마르고시
아주머니 하숙 치고 살던 집
옆방 남자 하숙생
쪽지 던져주며 만나자던
재미있었던 추억의 그 집.

자취방

큰 방을 반절로 갈라놓았던
앉은뱅이책상 윗목을 차지하고 있고
아랫목 꽃무늬 잠옷 기다리고 있던 집
부엌 찬장문을 열면
고향 엄마가 싸 주신
김치가 익어가는 냄새
의지하며 공부하던 시절
책가방 내려놓고
연탄 뚜껑 열고
밥솥 얹어 놓고
콧노래 흥얼거리며
이불속으로 쏙 들어가면
따순 밥 다 될 때까지
그곳이 엄마 품이던
날 키워주던 자취방.

고향

고랑물 돌고 메뚜기 뛰노는
고향길을 가 보셨는지요
버들가지 꺾어 버들피리 불라치면
동무들 올망졸망 모이고
졸졸졸 흐르는 물소리에
물방개 피라미 모여들던 그곳
산골 도랑 실개천에 가보셨나요
팔짝팔짝 고물고물 숨 쉬고
자운영 논배미 분홍빛 꽃물결 아롱거리고
물총새 할미새 춤추며 날아 내를 건너고
친구들 냇가를 출삭출삭 건너면
가을바람 코 앞을 스치며
가을 냄새 가슴 시절에
들어와 있습니다

추억이 자욱한 마을 앞
거울 같은 하늘이 들어와 앉으면
멋진 사진 한 장 비춰 보이는 새벽입니다.

소공동 시절

주황색 검은 물방울무늬 투피스
초록색 샌들
머리는 쇼트커트
손가락엔 늘 열쇠꾸러미를 들고
지하실 남지다방에 들러
커피 시켜놓고 찾아온 인연
마지하며 잘난 척하던 그곳
무식하면 용감하다고
늘 나 데려갈 사람 있으면
나와 보라고 큰 콧구멍 쳐들고
잘난 척하던 철없던 시절
그 시절 있었기에 만난 인연
어찌 다행 잘도 봐주고 안아주고
고생 한 자리 시키지 않고
끌어주어 웃음 가득한 곳에서
날 길러준 그 옛 자리를
잊지 못하네.

불광동 꼭대기집

퇴근 후 쉬엄쉬엄 걸어가면
빵집 국숫집 뻥튀기집
차례로 침 삼키며 가던 집
걸으며 상상으로 씹으며 가던
애처럽던 고생인 줄 모르고
열심히 오르던 불광동 꼭대기집
어느 날은 수돗물 나오지 않아
주인집 항아리 빌려
미리 받아 놓은 수돗물
보물 같았던 그 집
"이 집구석 언제 면해"
아침이면 늘 구시렁대며
세수하다 하늘 보며
데려갈 사람 누구 없소
소리치던 그 집
내리막 있으면 오르막 있는 것
모르고 열심히 살던 젊은 시절
다 지나가고 환한 꽃 피어
그때 그 하늘 보며 그리네.

불 꺼진 창

길고 긴 아현동 돌계단
모아 두었던 시어들 줄줄 흘리며
오르던 잊지 못할 꼭대기집
차오르는 숨 쉬다 보면
수도꼭지 틀어 졸졸졸 물 받아
내밀던 하얀 양푼대야
아프던 발바닥 담그면
여기 수건 내밀던 손
불 꺼진 창 어둠 가득 찼네
그곳은 늘
흐르는 노래 가득하였지
별들이 총총총
일주일 시정을 뱉어 놓으면
야! 너는 참 순수해 잘 살 거야
잘 웃던 옛 소녀
시화에 인생을 그리네.

추억이 된 사람들

사랑방 툇마루에 누우면
보라색 꽃 보고픈 얼굴이었지
주저리 달린 꽃 흔들흔들 웃으며
공부 잘하고 있지 늘 웃었어
그것도 모르는 다른 추억은
물기를 담뿍 담은 오이를 내밀며
일등은 안 혀도 돼야
배고프지 말아야지
쓰다듬던 마음 숨겼지
떨어져 애절한 보고픔
이제와 생각하니
저리는 이 마음 이 마음
추억이 된 사람들
뼈저리게 그립구나.

살얼음판

인생이 그랬다
그쪽으로 자꾸 갔다
한 발 디디고 생각하고
두 발 디디려 잡고
세 발 디디며 겨우 섰지
비움의 징을 달지 않으면
그냥 미끄러지는 판
가끔 가다 하늘을 보면
보고도 못 본 척 그냥 한가롭다
유유한 구름 한순간 적멸
스치는 시원한 갈바람
판을 녹이는 몽유도원
사은의 은혜 믿고
삶의 밧줄 하늘에 걸고
꼿꼿하고 웃음 가득한
그 판을 잘도 걸어 온
장한 여인이 있었다.

제2부

그 날

선보던 날

초록호남만리에서
들리는 소리 노처녀 되겠다
이번 주 내려오렴
집 인물 직장 좋다고
고향 소식 침이 마르네
못이기는 척 가보자
겉 속 다른 처녀
있고 없는 멋 다 내고
선보러 가던 날
가슴엔 꽃 손수건 꽂고
블라우스 레이스는 파르르
비 오던 날
파란 비닐우산 든 총각
들판 농부 같았지
콩깍지 씌웠던 날
사공이 둘 아닌 가정
인연의 대로였어.

족두리 쓰던 날

머슴아 같던 색시감
결혼 전날 고향으로 내려갔지
신랑 될 사람과 버스를 타고
고향집은 축제 분위기
집안 어른들 모여 욱적욱적
마사지하라고 난리지만
하루 한다고 달라진데요
새색시가 머슴애야 지집애야
온 집에 웃음소리 가득
족두리 쓴 딸에게 아버지는
너 눈구멍이 그게 뭐냐
뱁새눈에 눈썹 붙인 딸 보고
버럭 소리 지르며
눈썹 떼라 잉
야! 난 못 들어가겠다
대신 손 잡아준 사촌 큰 오빠
좋은 건지 나쁜 건지도 모르고
엉겁결에 웨딩마치에 넋이 나간 신부
우리는 그렇게 부부가 되었다.

이불 주세요

신부는 숙맥이 처녀였다
침대에 누워보지 못한 사람
아랫목 광목 덮개에 익숙한 세대
신혼 여행지 호텔에서
이불 주세요
기가 막힌 바텐더의 대답
밑에 깔고 있잖아요
나갔다 온 신랑은 기가 차서
피식 웃으며 포옹했지
촌띠기 끼고 잔 이불 속
주렁주렁 행복이 열렸지
따뜻한 가정
일녀 이남
손자 다섯
망팔을 바라보는 인생.

첫 딸

복덩이 딸을 잉태한 해
첫 집을 장만하던 해
철 없이 얻었던 셋집이
내 집 되던 날이었다
딸아이 태어날 예정일
며칠 전 돌아가신 시아버지
정신없이 주고 간 돈이 없어
결혼 팔지 팔아 낳은 딸
디근자 집 마당에는
하얀 모자에 연두 쉐타를 입은
딸아이가 아장아장 걸었지
행복의 시작인지도 모르고
그날부터 행운은
바람처럼 가정의 문을 열고
온 집안을 휘휘 젖고 다녔어
복덩이 딸 우리 집에 오고서.

인연이 준 태몽

한가운데 강물이 흐르는 홍수 진 터
강 건너는 그린필드
저곳으로 가면 나는 사는데
안절부절 못하는데
커다란 호랑이가 으르렁
어디선가 앞에 나서더니
엉덩이를 들이밀고 자꾸 타라고 했지
무섭지도 않은지 털썩 올라탔어
으르렁 소리를 내더니
하늘로 훌쩍 날아오르더니
그린필드에 턱 떨어트렸지
깜짝 놀라 깨어보니 꿈
아들 태몽이었네
시커머죽죽한 아들
태어나던 날 친정 엄마는
야! 니 효자 아들 태어났다
엄마의 목소리.

발견된 글 춤

늘 푸른나무 가득한
한쪽 의자에 쭈그리고 앉아
글쓰기는 시작되었어
돌아가신 친정아버지
회상의 글 눈물 속에 흘러나왔지
인생은 가고 추억만 남는다고
주부백일장 장원
선물이 주워져 잠 못들던 날
그때부터 글은 터에서
글 춤을 추었지
여기저기 넘나들며 신들린 듯
이리 뒹굴 저리 뒹굴며
망팔을 바라보는
언어의 무법자가 되었다.

서설 쏟아지던 날

광화문 뒷골목 닭칼국수집
줄 서서 기다려야 먹던 집
아버지 팔짱 끼고 기다리던 집
서설이 어찌나 쏟아지던지
벌벌 떨며 손시럽던 날
아버지 정 때문에 견디던 그날
그 집 김치는 왜 그리 맛있고
닭 국수물은 그리 고소했지
맛있지 많이 먹어라
챙기고 챙기던 날
다 떠난 골목에 서서
그날을 회상하며 둘러보니
서설은 여전히 휘날리며
다 흘러가는 것이야
그냥 눈물 같이 내리네.

그 아버지에 그 딸

서설이 끝도 없이 쏟아지던 날
아버지와 딸
흘러간 옛 노래 흐르는 다방에 들렀지
곱게 흘려보는 마담 눈길에
어이! 이 마담 우리 딸야
아휴! 그렇게 큰 딸이 있어요
무어가 그리 즐거우신지
아버지는 싱글벙글
따뜻한 커피 한 잔 받아 들고
펑펑 쏟아지는 눈 보이는 창가에서
지그재그 춤추는 커피 연기를 보며
잘 지내고 있지 그놈 돈 잘 쓰냐
그래도 그놈만 한 놈 없어야
울 아버지 소리 지금도 울리는데
글 재주 말 재주 낙천적 성향
닮은 딸 남겨 놓으시고
어디 가신겨 세월을 놓고.

산수연 그대

물끄러미 바라본다
이마 밑 눈꼬리가 말한다
사이사이 골짜기 그려 낸
살아 온 생이 이야기한다
눈에는 이슬비 고이고
입꼬리는 올라가며
살아 온 세월 은은한 주마등
그를 잡고 놓아주질 않는다
강산이 변한 성상 여덟 번째
부산 바다에 떠있는 목재
하나 값을 언제 벌어했는데
내 어이 그리 오래 살았나 몰라
걸려 온 전화에 답하는 목소리
가정을 잘도 지킨 우리집 큰나무
말 안 해도 고마운 작은 나무
우리집 정원에 핀 정원수
잘 지켜 준 산수연 그대
고맙고 감사한 큰 나무.

보도 사도 않던 것들

다섯 그루 늘 푸른 꿈나무
옹기종기 모여서 재잘재잘
무엇이 우스운지 가지를 흔들며
깔깔대며 수선 떨며 흔드는 행복
물 주세요 밥 주세요
할머니 써비스 뭐 없어요
조랭이에 물 담고 접시에 거름 담아
쪼르르 따라주고 담아주면 맛있다 고숩다
요놈은 이 거름 저놈은 요 거름
우적우적 사각사각 꿀꺽꿀꺽
넘어가는 누에 뽕 먹는 소리
할머니라는 팻말 세워놓고
요것이 만지고 조것은 발로 차고
할머니가 세운 인생밭
보도 사도 않던 것들 속에
웃음꽃 활짝 핀다.

똥강아지들

할머니가 달아 준 동정도 아니요
에미 인두 자욱 없는 앞섶
궁중 옷 설빔 곱게 차려입고
배시시 나비 된 버선코
들어서는 우리집 꿈나무들

이것들 누가 준 선물인가
간장을 삭이는 날 그리도 많더니
아웅다웅 그 울타리 온기
품에 안아 보살핀 세월
얼마나 귀한가 우리 똥강아지들
하늘이 준 선물 다독다독
기차도 아니탔건만 잘도 가던 세월

지성이면 감천인가
설빔 속에 곱구나
우리 우리 똥강아지들.

손녀 학교 가는 날

아침 먹은 손녀
하루를 연다

오늘은 손녀 입학식 날
책가방 메고 폴짝폴짝

어린이들 옹기종기
교실에 모여 앉아
시끌시끌 콩타작 하는 소리

여러분
선생님 목소리
맑고 고운 얼굴에
찬물을 뿌려진다

칼바람 들어앉은 아이들 얼굴
차렷 선생님께 경례!
고생길 들어선 꿈나무들.

딸냄이

무슨 인연 그리 깊어
늘 옆에 살며 엄마 부르는 소리
아직도 살갑게 안기는 향기

不惑을 넘겨 의젓해진 모습으로
從心 되어가는 모정 놓칠세라
지금도 여린 그때 그 딸아이

자연이 던져 준 숨 쉬는 보물
완벽한 세월 저편 내 모습
추위에 지쳐 강으로 내려앉는
노을 붙들고 가지마 한다.

제3부

혼적

老夫婦

넓디넓은 인생이란 초원에
덩그러니 둘만 남아서
피차의 실수를
한없이 흡수하는 호수

그는 귀머거리가 되고
난 눈 뜬 소경이 되어
뜸을 들인 후 성숙해져서
세월의 장식장에 앉아있는
해묵은 골동품
이만큼 세월 보내고 보니
부부란 참고 또 참는 길만이
최선이란 얘기를 하며
행복해야 할 부부의 아이들이
우릴 보고 있음을 기억하며
둥근 보름달처럼 산다.

偕老

자네 보이는가 이 꽃
국화꽃 말인가요
그래 이것이 자네 꽃이지
화려하지도 멋진 모습도 아니지만
가을 향기가 대단하지
그 향기에 난 이 자리 떠나기 싫거든
참으로 구석에서 아름답고만
곧 초로로 시들겠지만
최선 다하며 풀어헤치는 향기
그 향기가 귀중한 보물로 보이지
어느 날인가 날 보살피던 보살 향
그림 속에 그리기도 하고
시 속에 쓰기도 하고
생활 속에 웃음 짓게 하는
여기저기 가득한 수수한 저 꽃
가정 속에 향기 질질 퍼지며
주체할 수 없는 웃음과 화목
퍼지게 하는 저 꽃
초로로 같이 걸어가는 길에
핀 저 꽃.

똥병아리

이것은 뭐야 물어보는 병아리
저 하늘에는 뭐가 있어요
이걸 먹어도 되나 말아야 하나
저 좀 보세요 이뻐요
삐약삐약 삐약이들
하늘에서 떨어졌나
땅에서 솟아났나
여기서 불쑥 저기서 불쑥
나타나 모여든 똥병아리
가슴속 파고들며 내칠 수 없는 정
인생의 흔적의 끈으로
갖은 재주를 부리며
세월을 재미있게 만드는 요술꾼
잊어버린 사랑 되살리는 요술쟁이
하늘을 콕콕
땅을 쿡쿡
털깃을 파고들며 꾹 꾹
익어가는 인생사.

흔적 (1)

소파 구석 널브러진 산더미
한 주먹씩 삼키는 병원 껍데기
거꾸로 처박힌 검은데 돋보기
쓰다 남은 휴지조각
구시렁대며 치우다 섬찟
휴지조각 바람결에 흔들리며
여보! 나야 나 치우지 마
순간 눈물이 핑 도는
짝꿍의 숨 쉬는 흔적
그래 곁에 있음이야
감사한 가장 따뜻한 내 편
다 안 보이는 날
폭포수 같은 물기 어쩌려고
이 흔적 없으면 어이하려고.

흔적 (2)

목련이 지는 것을 어찌 슬퍼하지 않을까?
피었다 지는 것 목련만 아니련만
그리움으로 눈물 흐르는 것
어디 그 꽃만 아니련만
마음에 핀 자목련은
날이 가고 또 갔건만
지금도 만개한 그 자리에
여의하니
그래서 슬프오이다

보고 싶은 딸
자목련 피던 날 까치 부부 그려서
보내주며 그리움 전하던 부정
보고픔 달래주던 夏山
허공에 띄운 그림 편지
草綠湖南萬里情은
지금도 고향집을 지키는
잊지 못할 흔적.

▲ 아버지 (夏山) 작품

격

서 있는 그 자리
앉아있는 터
모여있는 곳
그곳이 살고 있는 품격
그건 자신이 만듦이야
고건 내 살아온 근거
누구도 탓할 수 없는
스스로 만든 삶의 식
입은 꼭 다물고 미소로 웃고
왼쪽은 듣고 오른쪽은 버리고
생각은 낮은 곳에 앉아서
감사한 마음 늘 품어 안는다
터가 아름답게 빛나는 것은
내 있어 웃음꽃 활짝 핀 터요
너 있어 편안한 격 있는 자리요
화하여 기쁘게 뭉침이여라
그리고 갈 일을 기다림이리라.

흩어짐

살포시 들어온 고운 마음
나갔던 본심이 뿌리를 틀고
참 그대로 살아야지 어루만질 때
궁색한 치심이 들어와 난장을 친다
허공에 흩어져 난장판이 된
마음을 추스르고 추슬러
사은 앞에 앉혀 놓고 눈 감고
용서하소서 벌써 흩어지네요
늘 한결같은 모습으로 계신
그 님 빙긋이 웃으면서
흩어진 내 마음 다정히
주워 주시면서
공부인이 되어가는구나
흩어지면 흩어진대로
아쉬움 알게 되면
더 공부할 때가 되지 않겠나
하시면서 빙긋이 웃으시네.

새끼손가락

어느 손가락 하나 귀하지 않은
손가락 있던가
그러나 유난히도
아프고 안쓰러운 새끼손가락
사랑한다는 것은
피다가 지는 꽃잎 같아서
누가 알 세라 눈치 챌 세라
홀로 바람에 지고 흔들리는 것이지
상처가 깊게 패인 그 자리
울음을 꺼내어보지는 못하는
아픈 내 새끼손가락
바람 부는 마음을 부는대로 보며
가슴에 박힌 멍울들
어찌 흘러 보내고 있을까
불 꺼지지 않은 창문
비친 마음을 주워
간절한 기도를 한다
하늘이여 보살펴주소서.

친구들을 보며

천 번을 흔들리여 어른이 된 아이들
자연의 서재 속에 파묻히여
도시가 삼켜버린 별을 그리며
기억을 앞에 앉히고 웃다 보면
어느새 옷깃에 바람 불어야
여미여도 여미여지지 않지
삶의 구비마다 잠시 쉬다 가라고
낙엽 무성한 뜰길 걸으며
서로를 포근히 안아주는 인연
잘 물든 단풍은 봄꽃보다 아름답다 했던가
어느새 세월 바람 불어와
단풍으로 곱게 그려진 얼굴들
겨울은 와서 꼭지에 흰 물들이고
물빛 가슴 파고들어 울리는데
고통이 거름이 된 아이들은
미안해 사랑해 고마워
어머니의 깊은 손맛과 고향 맛이 된다.

하소연

부뚜막 솔가지를 헤적이며
불꽃처럼 타던 정념
헤쳐지는 뜨거운 감정
같이 태우고 있었다

그리웠던 속곳 가지렁이
땀방울인가 절규인가
활활 타던 불꽃
아궁이 탓이련가

긴 세월 기다림에 지친
눈물 가득하던 그 눈
이제야 느껴지는
여인의 말없는 하소연

어머니 모습.

남

7번도 더 넘은 고개에서 긴 숨을 쉬고 느끼는 것은
어찌 그리 남이 많은가
수없이 퍼 줄 때만 아닌 듯
말없이 안을 때만 아닌 듯
세상인심이 다 그러하여 웃고 말지만
웃고 가기에는 너무 지쳐있지

여기저기 말하지 마 속삭이고
거기여기 자기 욕심으로 채워진 자리
뱃속에서 나온 것도 그러하거늘
남이야 오직 하겠나

훌훌 털으려 애써도 털어지지 않는 공상
가득해도 안 만날 수도 없고
자꾸 다가갈 수도 없는 남

한 세상일이 다 허사구나
한평생일이 다 허무구나
그래도 없으면 못사는 남
그래서 인생이지.

가족은

옹기종기 모였네
잔소리하는 나무 그늘 밑
어리광 부리는 꽃
투덜대는 정원수
손잡고 어우렁더우렁
세월 유수 타는 터
전생 어울렸던 인연들 모여
화한 꽃밭 이루어 놓은 자리
슬플 때 가만히 손 내밀어
시린 시간 아늑함 안기는 곳
아프다고 말하면
밤이 북극성을 덮어주듯
야윈 삶을 안아주는
따스한 아랫목이여라.

다들 어디 간 거야

수수한 옛 사연 들고
숲길 따라 걸으며
마음속 서랍을 열으니
생각나는 소소한 이야기
대추꽃 눈물 만들던 할머니
만리의 정 주시던 아버지
애싹 상추 소쿠리채 안기던 엄니
꿈같고 허깨비 같은 삶
귀를 열고 나니
처처해진 녹음만 흔들리네
야윈 생각을 덮으며
추억과 악수하고 눈 감으니
허기진 그리움 찾아와
방울방울 진다.

상처

순수가 가져다준 정표
숱하게 맺혀졌던 뭇별 같은 인연
또박또박 손가락으로 헤이니
보고 싶은 얼굴
그리운 눈동자
어디에서 또 만나려나
그리운 사람 가득하니
행복이지 않은가
생채기 가득하니
보고픔 아니던가
어찌할 것이던가
그리움도 추억도
그것 덕택에 살고
못살지 않던가.

가을로 가는 숲

여름동안 칙칙하던 숲
선들선들 가을바람에
누릇누릇 물들어
한 해와 헤어지려 한다

달디 단 바람이 불고
달착지근한 물 샘솟는
가을 골짜기 옹달샘
벌컥벌컥 마시다 쳐다본
나뭇잎들의 아우성

시름시름 떨어진
가랑잎 소리 버석버석
가을의 입김이 번진 숲
침묵 가득한 숲이
계절 버리는 소리.

찾아온 가을 자리

찾아 온 가을 지긋지긋하던 여름 자리
선선한 가을이 움텄다
참으로 신기한 계절의 변화
바람기 없는 눈물바람
며칠 쏟아 놓더니
촉촉이 젖어드는
계절 찾아오다니
발악하던 매미는 가고
교향악 반주하는 귀뚜라미
안개 자욱한 뜨락을
간지럽게 적신다
쌍심지 키며 차지하지 않고
뜰에 던지고 보는 빈 마음
쓰다듬는 큰 사랑
질펀히 널려있고나.

뒷모습

뻣뻣이 목에 힘주고
앞에 오만함 걸친
얄미웠던 그 사람

어느 날
가리어진 뒤뜰
넘어다 보는 듯
뒷모습 따라가다 보면
안쓰럽고 애처로울 때 있다

홀로 저벅저벅 걸으며
고개 숙인 나약한
유한하고 불완전한
나약한 덧없는 존재

치장과 허세 버린
눈을 감아도 보이는
뚜렷한 세월의 모습
눈을 길러야 보이는
눈 속으로 보이면 모두 놓는다.

늘

작은 것이 들어올 수 있는
큰 것이 되고 싶어서
속 뜰을 챙겼다
마음 밭에 뿌린 씨
쭉정이 만들지 않고
자연의 질서 앞에서
미안하지 않도록
침묵에 기대어 있었다
감정의 줄을 팽팽히 당기며
탁 트인 인연으로
풍진 세상 제대로 살려고
말짱한 정신으로
깨어있었다
붉은 햇살의 속삭임에
저녁 바다로 물들어가며
하늘을 무서워했다.

무르익은 열매

사랑으로 툭 떨어진 알맹이
인내로 톡 떨어진 결과
단 맛 신 맛으로 만들어진 결실
감사로 엮어진 행운
가정이라는 바구니에 가득하니
지켜왔던 한 쌍의 생
고운 결실이 가득하고나
가득한 바로 한 생
너와 나의 삶이
내가 너였다며 서로 다독이며
키워가던 결실 가득하여
맛 좀 보라고 쪼아댄다
바로 이것이 무르익은
열매의 맛이라고.

제4부

끝자락

인생

불안 속 설렘을 안고
설렘 안에서 불안을 턴다
포옹하는 소리 이제야 들리고
감사 속에 피어난 불꽃
타 올라 만들어진 사랑
불꽃과 사랑이 연소되어
소리 없이 지나 간 인생
원하는 것 다 이룰 수 없고
이루어지지 않아도 편안한
마음을 꺼내여 보니
목 메달 필요 없는 것 보여
성한 마음 온전한 몸뚱이
발 뻗을 수 있는 아랫목
밥상 가득한 수저와 젓가락
반찬 꽃 활짝 핀 밥상
감사합니다 쓰여진 쪽지 한 장
소리 없이 지나간 세월에 날려
살포시 머리를 쓰다듬는다.

계절은

찬바람 불어 떠난 가지에
철없이 어느새 온 봄 눈
따뜻해지면 피여줄게
끌어안고 떨고 있는 계절
자랑도 원망도 없이
홀연히 떠난 자리에
솟구친 새 삶의 환희
떨어져도 다시 온 자리에
시들고 떨어지는 것
서러워하지 않는
자연의 순리가 매달려 있고나
어느 하늘 구름에서 비가 올지
눈이 올지 모르지만 가는 길
물감을 확 엎질러 형형색색 그리고
초록으로 감싸 안아 흔들리게 하더니
단풍이란 요술로 피어나고 지며
인생이 바로 이런 거야
계절은 슬퍼하지 않는다.

가을이 들려주네

매일매일 눈앞에
다른 그림을 그려 놓은 가을
빈 가방 들고 주우려 떠나
어느새 날이 저물었네
발길 닿은 가을 짙은 물가에
달이 풍덩 빠져서 반기는구나
마른 가슴 활짝 열고
작대기로 보도시 달님 건져 올려
품속 품어 안고 어우러지니
세상 다습기도 하여라
어느 사이 따스해진 마음
가슴에 걸린 달이
눈꼬리 올려주며 간질이는 말
우린 닮은꼴이잖아
가을날 서재에서 답을 읽는다.

치마폭

치맛자락을 잡고 졸졸졸
아이고 가시네 잠도 없어
치마폭 뒤집어 씌우고
다독다독 두드려주면 사르르
솜사탕 같던 사랑
할머니 자락 속에 숨어서
낯 가리고 눈치 보면
아가 인사해야지
손 꼭 잡아끌어 예절 가리키던
자애로웠던 정
자락 끝 숨어 배우던
아름답던 그 사랑과 정
허기 같이 때 되면 찾아와
회상 한 자락으로 들어와 앉아
곰삭은 세월 눈 녹듯
오늘도 더해지는 한 장의 추억.

겨울 선물

그냥 가나 봐
아마 이런 겨울은 처음이지
말 떨어지기 무섭게
하늘 기운이 들었나 봐
서설이 휘날리네
겨울 자락의 큰 선물

하늘 끝에서 겨울잠 자다
놀라 깨어보니 입춘 다 지났네
화들짝 놀라며
그냥 설레 벌레 쏟나보다
산야에 눈바람은
흰 물감을 쏟아내며
서리 눈발로 펑펑 우는데
겨울 선물 받은 나그네
아랫목 이불된 마음
시로 화답한다.

하늘 끝에서

어린 시절 놀던 동산에 올라
하늘 끝자락을 본다
초록과 코발트가 어우러진
끝자락 지평선이 누워있다
눈길 돌려 돌아본 멀리
파도치는 바다가 손짓한다
푸른빛 저 멀리 소라빛
수평선이 곱기도 하다
하늘과 마주 닿으며
안아주며 달라지는 그 빛
그 끝자락을 끌어안으며
너와 나는 하나이지
하는 소리 꿈결이던가.

화창한 어느 날

거센 바람 구름을 몰아낸 날
어느새 사랑하게 된
풍경이 가슴에 들어찬다
슬프게 하는 것
미처 깨닫지 못한 마음
치유하는 자연이 지닌 본성
먹구름 몰려드는
삶의 어느 길모퉁이에서도
넉근히 견딜 수 있는
너그러움 안겨준다.

쉼터에서

넌 무엇이든 다 풀어주려
가끔 생활의 여백을 내어준다
삶의 구비마다 잠시 쉬었다 가라고
힘든 마음을 포근히 안아주며
내려놓는 자의 마음을 읽는다
삶의 굽이굽이 그려놓은
살아 숨 쉬는 그림들이
도란도란 노니는
졸졸졸 흐르는 다정함으로
다채로운 즐거움 던져준다
자연 숨결 생생한 쉼터는
풀빛이 물들인 것인지
물빛이 물들인 것인지
많은 것들이 아름다운 그림 되어
오랜 삶의 이야기
도란도란 들려주며
가슴 다듬고 가라 유혹한다.

그리움 쏟아지는 날

그리움이 눈물처럼 쏟아지는 날
빗소리는 맞는 게 아니잖아요
듣는 거라 잖아요
하늘이 땅으로 내려오는 시간
비 오는 날은 생각이 많아
창문을 열고 흘러 내립니다
비가 와야 무지개가 뜨고
비워야 채워지는 자연의 이치
어지럼증 가득한 세상에서
결핍은 그리움을 만든다 했던가
열망했던 것들이
다 타버린 인생의 끝자락
떠나갈 때를 잘 알고
가며 그렇게 쏟아 붓고 비우듯
비를 닮아 가야 하겠지.

바람결에 티끌

화선지에 펼쳐졌던 한 생
붓을 들고 생각하니
창해에 거품이었고
바람결에 티끌이었구나
사계절 푸르르려 곧게 서있던
늘 푸른 소나무에서
떨어진 가녀린 이파리 한 잎
보이지도 흔적조차 찾을 길 없는
보잘것없는 한 잎으로 땅에 져서
먼 하늘을 보니
흰 구름으로 두둥실 떠다니다
흔적 없이 스러져간 구름 한 조각
최선을 다 하다 이름 없이 스러져간
무상의 그것.

서러운 세월

한숨짓던 마음들이
방울방울 눈물로 맺힌다
첩첩 산이 가로막힌 이곳
고향이 가로막힌 길 같고나
길에도 귀천이 있다면
분명 주목받지 못한 길
굽이굽이 인생고비 다 넘어온
서러운 나이 되어서
뒤돌아보며 잘 가지 못했던 길
이제는 갈 곳 보고픔이
없어진 그 길
뒤 옆 생각 못하고
직선으로만 갔던 길
무수한 나날이 박혀있는 그 길
어긋난 흔적과 몸부림
비척거리며 한 세월
걸어온 길이 섧다.

무거운 짐

무거운 짐을 지고 가는 여인
눈물로 얼굴이 얼룩진 줄 모르고
인과를 어렴풋이 알고 나서야
살아가는 세상 속에서 이제
존재하는 것은 모두 애틋하다
세상 속 한 통속 되었을 때 슬펐고
세상과 한 통속 되지 못할 때 괴롭고
세상과 한 통속 되려 할 땐 외로웠다
풍요의 시대는 가고
이제 재생의 꿈 지나가며
세상은 뜨겁고 평평하고
붐비기까지 하는데
지금도 인생의 무거운 짐 남아
파스로 온몸에 붙은 흔적
무거운 짐으로 떨어질 줄을 모른다.

허탈한 웃음

지나간 시간들을 생각하니
안기고 싶었던 일들
훌훌 털어버리고 싶었던 것
퍼 주고 싶었던 정
한없이 울고 싶었던 순간
꼴보기 싫었던 사람도
많고 많던 하고 싶고 버리고 싶고
주고 싶고 애타던 일들
세월 가니 그냥 다 가고 없네
남아 있는 것은
무심 무욕 무착이라
비로소 차분히 한 생 생각하니
참 별것 아닌 그 많은 것들
그리 어려웠었던가
그냥 허탈한 웃음뿐.

여름 맛

열어놓은 창문 사이로
쏟아지는 자연의 소리
아침잠을 깨운다
바람을 시원하다 느끼게 하는
소리로 계절을 느끼게 되는
어느 것도 버릴 수 없는 맛
쏟아지는 녹음이 흔들어대면
그늘 밑 바람 박수가 위로되는
한 치도 버릴 수 없는 더위 맛
인생의 절정기를 보듯
언제 못 볼지 모르는
정열의 계절 끌어안으며
흐르는 땀을 닦는다.

봄 손님

어쩌려고 이리 살랑거리며 오는가
어서 오세요 쌀쌀한 아가씨
저무는 가슴을 자꾸 더듬으며
찾아드는 너를 뿌리칠 수 없구나
내 너를 알아볼 날
얼마나 될지 몰라 더 반가운
마음을 아는지 따뜻하기도 하지
곧 눈과 마음 호사시키려는구나
분홍으로 진분홍으로 꽃분홍으로
찾아들 화사한 자연의 분칠들이
눈 앞에 잔치를 벌이면
세월을 잊은 예술 혼은
붓을 들고 시를 쓰겠지
참 빠르고 허망하지만
고운 날이 나를 울린다고.

걸어온 길에 서서

음악이 아름다운 것은
음표와 음표 사이에
쉼표가 있기 때문이라 했지
말이 아름다운 이유는
말과 말 사이에 적당한
쉼이 있기 때문이라 했고
쉼 없이 달려온 것은 아닌지
너무 많은 말을 한 것은 아닌지
되돌아보아야 할 삶
한 생의 역사가 하룻밤
꿈처럼 흘러간 지금
쉼 없이 온 길에 서니
하늘에서 쏟아지는 소리
버리고 싶은 고통이
너무 심하게 따라붙는다.

간다는 것은

하늘도 먹구름 몰고
난장 치다가
통곡하며 간 지금
더위 보따리 싸는지
매미 설움 천지를 치고
열병으로 덥석 안기더니
서늘함 던져주고 가는 세월
모두가 하나 같더이다
오면 가고 가면 오고
멸과 승도 그러한 것을
무엇인들 온전히
내 것이던가
그냥 흐르는 것을 본다.

해넘이

찬란히 오는 해맞이 보다
고즈녁한 해넘이 쓸쓸함
서서히 떠나는 한 폭의 풍광
안갈 듯 넘어가는 인생 같아서
해 질 녘 안겨드는 시를 휘어잡고
낙조와 어울려 얼씨구
가슴 꽃망울 툭툭 터진다

서해 비취옥에 풍선등 띄워 놓으니
남도의 서정 바다에 지는 소리
해넘이에 하루 떨어지는 소리
눈길 주던 낙조는 바다 멀리
물 건너 임을 만나 소식도 없다.

꽃 지는 어느 날

꽃 피던 자리에
꽃눈이 휘날린다
한 세상 잠깐 왔다
몽유도원길 만들더니
눈길로 노래하고
향기 듣게 해주며
시로 눈 감게 한다
기억 기대 버린
순간의 꽃자리에 서서
팔딱거리는 아린 가슴
너그러움으로 날개를 치고
따스함으로 품어 안았던
바보스러움 놓고
꽃 위에 지는
바로 거기에서
꽃비로 갈 길 본다.

한 해의 노을 앞에서

가는 해 붙들고
도란도란 이야기한다
일 년이 빚은 풍경
넘겨보는 사진첩 속에서
너도 나도 환하게 웃으며
골패인 이마 쓸게 한다
슬픔 주고 간 것도 그립다 오고
기쁨 주고 간 것도 시리게 온다
새해 새날 새 기쁨
새 자 줄줄이 달고서
세월 줄기 하나라도
인연 끈 한 줄이라도
함부로 하지 말고
깊은 강이 되자 한다.

제5부

마음자리

가을이 날 불러

가을이 내려앉은 뜰
양지와 같이 온 가을향
무릎에 내려앉으며
하늘 좀 봐 속삭이는 풍경
속절없는 눈빛은
솜털구름 품은 먼 곳 우러르니
쏟아질 듯 파란 물감
그님인 듯 감싸 안아
물들어버린 마음속
가을이 아름다운 건
피어나서 흐드러지다가
무심으로 이리저리 뒹구는 떨굼
산다는 것은
피다가 지는 꽃잎 같아서
홀로 바람에 지고 흔들리며
부르는 소리 있음이야.

남이섬에서

가을 햇살 호수에 내려앉아
은파로 흐느끼니
가을바람 흥겨운지
두리둥실 춤을 추네
추풍인지 추흥인지
걸쳐진 옷깃마저 어절시구
감추어진 마음도 흥에 겨워
몸은 바람에 맡기고
눈은 하늘에 맡기니
머리칼은 목을 간질이며
자네 나이를 잊은 사람아
세월이 자꾸 데려가려 하는데
뭐 그리 좋은가
물어오네.

해후

무심코 옛길 헤매다
노을에 묻어두었던
큰 나무라 느꼈던 한 그루
고향처럼 만났네
무성한 잎 다 떨어졌지만
스며있던 늠름함
여전하였지
연약한 꽃에서 풍기는
향기에 비할바던가
티끌 바람 가득한 여울목
맑은 새벽을 깨우는
골 뒤엎는 물안개 같구나.

길에 서면

그냥 떠나는 것으로도
용기를 준다
늘 정지한 듯 보이지만
한순간도 멈추지 않는
변화를 드러내는 조화
외로운 섬이 되어
떠도는 날에도
수런거리는 마음
몽땅 밟아버려
숲과 바람과 친구 하며
그냥 길게 내어주던 넌
소리는 사라지고
울림만 주는구나.

다 그런 거야

어제보다 나은 선택을 위해
살아있다 꽃은
때론 누군가를 위해
온몸을 던지고 싶을 때도
초록바다의 봄빛 추억을
노을에 묻으며
갑자기 무거운 먹구름
내려와 앉을 때도
벤치에 버린 기억 대신
살아있는 시간을 주우면
하늘마음 쏟아지는 소리
다 지나가며 잊는 거야
삶이란.

겨울바람

힘이 센 존재
목도리를 두르고
주머니에 손을 넣고
맞으며 사색에 젖어 걸으면
떨던 내 것이 들어와 앉는다
노루 꼬리보다 짧은 겨울해
스승이 되어
어둠을 불러드리면서
어두워진 길 위에서
눈을 감은 것처럼
걸어보라 한다
보이지 않고 들리지 않지만
실눈으로 살피며 가다 보면
살랑살랑 겨울바람이
속삭이듯 나도 품을 줄 알아야
마음이 진짜 네 것이지 한다.

행복이란

미래 있는 것도
과거에 있었던 것도 아니지
지금 여기 건강히 살아가는
만족하며 숨 쉬며 가는 그것
누가 보아서도
누가 만들어 주는 것도 아닌
만들면서 살아내는 고것
어떻게 즐겁게 살까
무엇을 즐기며 설까
좋은 친구 만나서
즐기던 노년의 얼굴엔
피고 진 세월이 고스란히
남는다 했던가
가지기 전 나누어
내려놓아 텅 빈 공터에
그리움도 하나씩 지워내고
허물도 하나씩 벗겨내니
행복이 보인다.

꽃벼루

오십여 년 한 몸으로 어우러져
조족의 힘으로 미끄러진다
꿈 같고 허깨비 같고
물 같고 그림자 같은 인생
검은 피처럼 갈아진 응어리
펼쳐진 하얀 여백 위에
한 오래된 붓의 뜨거운 고독
우족의 힘으로
꿈이냐 생시냐 질끈
내려치는 진지한 발칙
어린 시절 가슴에 핀 꽃
그가 뉘라고 어찌 말해야 아는가
그가 마음이라고 하면
누가 나무라겠는가
어허야!! 인생이 이렇게
척 치면 피여서 가는구나.

어쩌면 님은

원만한 혜안으로
지켜보는 님
어쩌면
바다일지 몰라
하늘일지 몰라

채워줄 바다여서
거품 같은 허무 두렵지 않네
닦아줄 하늘이라
떠다니는 허영 빗물로 씻는다

넓고 깊어서 벙어리인 님
온유한 가슴에 안겨
깊은 사랑받는 순박한 꽃 되리.

인생이라는 건

철이 익어갈 때
철이 사그라질 때
인생은 자라는 거라지

즐거움이 이거든가
슬픔이 이렇구나
진저리처질 때
인생은 쪼금 아는 거라 했어

사랑이 살며시 조는 듯
기대어 향기로우면
손길 다가와 어루만지며
우리 잘 살다 가자
피고 사그라들고
자연의 생사가 인생
좋을 것도 나쁠 것도 없지 않던가.

여보시게 가을

들렀다 가시게
잘 물든 가을 한 잎
드릴테니 들고 가시게
허전한 마른 가슴에
책갈피에 눌러 놓았던 가을
당신에게만 드릴테니
외롭다 느껴지면
언제든 한 번 오시게
작 익은 탁주도 드리리다
혹여 발병 나서 못 오시면
주소 없이 부칠테니
알아서 가져가시게
눈부시게 고운 가을날
갈바람이 반가워할 거야.

벚꽃 길에서

꽃길에서 흔들린다
스타벅스 한 잔을 들고
바람이 꽃잎 불러 우수수 지는
하늘나비를 무심히 보며
참 아름답네 그렇지
고개 끄덕이는 꽃길 사이로
부서지는 햇살이 눈부시다
꽃과 꽃들이 손을 잡고
옹기종기 모여
소리 없는 리듬으로 흔들어주는
바람 따라 춤추는 장관
자연이 선물한 여백 위에
그려진 연분홍 꽃잎 난장판
네가 나고
내가 너다 외쳐대도
봄 햇살과 어울린 꽃 너는
4월의 여왕이구나.

새벽의 함성

새벽의 합창 고막을 친다
나무들 키 재기하는 뒤뜰에서
이웃한 새들 새벽잠 깨우며
눈 빗장 스르르 열리게 하고
가슴 벽 열리는 소리
하루를 열게 하는 저 아우성
개구쟁이 시절
창호지 사이로 어슴푸레
간 보이던 밝음이 시작되면
벼슬 달고 오색 도포 일생 벗지 않고
잠자리에 든 생명체 깨우던 꼬끼오
시계 없는 시골 마을
농부들 새벽 일터를 챙기던 소리
세월 구비구비 강산 뒤집었는 데도
서로 다른 소리의 울림으로
무상 보시하는 자연의 가르침
또 다른 하루 신의 선물.

꽃 부신 날

벚꽃 눈 부셔
풍경 속에 마음 치대며
꽃비 맞으며 가는 길
적적한 황혼 흔들린다
처진 가슴으로
만개한 꽃길 헐며 가니
가지에 솟구치는 순처럼
가슴으로 번지는 불씨
눈 시린 꽃분홍 봄
봄 그림자에 눈 베인
시인에게 말을 건넨다
그대에게 무엇이 되어줄까
하늘 아래 꽃잎은
해롱해롱 휘날리며 묻는데
할 말 잃은 황혼은
시간을 두르며 일렁인다.

어스름

하루를 휘몰아가던 저 길
걸음 멈추고 뒤돌아보니
바쁘게 돌아가는 숨 쉬는 것들
한 눈 팔지 않고 되돌아보지 않고
그냥 스르르 스며드는
하루의 끝 어스름

숲길이 정말 아무렇지 않다는 듯
벌써 불그레한 얼굴을 하고
무심히 서 있다
한참 있다가 봐도 그냥 있다
그 옆에 한 생을 다 하고 지쳐 쓰러진
노란 풀잎 떼기도

가는 것은 그냥 가고
있는 것은 그냥 있다
어스름 속에서 말없이.

적막과 적막 사이

뭘 하지 않아도 괜찮은 날
뭘 해도 속 빈 강정 같은 날
책은 적당히 쌓아두고
읽고 싶은 손이 가는 것을
쏙 쏙 뽑아 읽는 재미로
메꾸어지는 하루

언어에도 그림자가 있을까
그림자를 가진 시가 있을까
향을 맡은 감촉 손 끝이 전율하더니
잉태한 시가 쏙 빠진다

적막이 이리 아름답다는 것 알즈음
두터운 커튼도 그림자를 가리지 못하고
굳게 닫힌 창문을 열지 않고 들어와
잠든 공간을 흔들며 깨운다

시의 그림자가
내 생의 한순간을
흔들어 깨어 있게 한다.

무언의 교훈

현관문을 열면
천만 생각하게 하는
여러 번 땜질해 신은 구두 한 켤레
늘 그 자리를 지키고 있다
보이는 절약의 정신
낡은 구두를 신고도
삶이 빛났다는 것을
보여주는 현장
백 마디의 말 보다
한 번 보는 체험의 현장
지킴이 저리 생활해서
가정 잘 지키고
자식 잘 키웠는데
어느날 자식들
안아 준 손 문지르며
우리 절약하며 잘 살게
무언의 교훈이 울린다.

마음자리

본래 마음은 바다
푸르게 잔잔하다가
바람 살짝 스치면 출렁출렁
만취한 바람 어쩌다 놀러 오면
패치고 부시고 요동치다
먼동 밝아오면 언제 그랬냐
잔잔한 바다로 돌아온다
원래 마음은 넓은 바다
창해에 거품 하나 폭 올라오면
이랑이랑 번지다가
타고 출렁이는 그것
참 아무 것도 아닌데 말이야
머리에 이팝꽃 피고
눈에 안개 서리고
큰소리에 귀 열리면
부드러운 것 찾아 씹으며
잔잔한 자리로 돌아가네
그것은 마음공부 자리
넓은 청정한 본래 그 자리.

산자락

오르지 않고는
담을 수 없는 자락
소식 없이 찾아온 손님을
와락 끌어안는다

너그러움 가득 담긴 그릇
바람이 달려와 장난치고
푸르름이 들어와 위로한다

산 숲 속삭임을 사랑하는
여정의 간절한 발길
한 발자국 옮기면 추억이 고새 따라 들고
두 발자국 디디면 벌써 가슴은 두근거린다

꾸미지 않은 무상의 배려
거짓 없는 생과 어울려 하나 되는 그곳에서
새로운 생각을 만나기도 하고
버려야 될 것들을 버린다.

고요 속에서

티끌 떠도는 속에서
지그시 아우른 가슴
조용히 자신을 찾는
진흙 속 행복
번뇌가 뿔처럼 솟아날 때도
한 소리 없는 정적 속에
마음을 끄집어내어
본래를 만나러 갑니다
얽힌 그와 풀린 그는
서로 알아보고
그래 버려 그래야지
화하여 흐르는구나
보이지도 들리지 않아도
훤히 광대무량한 자리
맑고 밝은 정적이
사람을 다스려간다.

기도 속에서

새벽잠 이불을 갭니다
고요를 끌어안고 정좌를 하니
스르르 흐르는 맑은 기운
머리를 맑히고
숨을 거두어 쉬고
입에 침이 고입니다

스치고 지나가는 정적
온몸 더듬고 가는 고요
야윈 삶 덮어주는 적막
거기에 한 줌 티끌로 앉아
즐길 줄 아는 너 無로구나.

아! 인생 그것은

하늘과 친구가 되고
변함없는 그를 알아보면
인생 철들어
쪼끔 마음이 자라는 거라네

세상에 유일하게 변함없는
넓디넓은 친구를 머리에 이고
무언으로 약속을 잘도 잘도 지키는
파란 출렁임을 듣고 눈으로 어루만지면
즐거움도 슬픔도 하나가 되어
인생 거 아무것도 아니지

上下高低 그 실없는 착
알고 겸손해져 다 놓고 느긋해지면
인생은 벌써 단풍 들어
보따리 싸서 들고 갈
준비를 한다네.

달빛

마음을 달래며 따라갑니다
은은한 힘으로 구석구석
감싸 안아주는 둥근 힘
풀숲에 숨어있는
은은한 어둠의 깊이에 젖어
안을 들여다보며 걷는다
온갖 추악한 언어의 난동
고여 있는 지독한 냄새를
해방시키며 호젓이 젖는 길
심연의 언어
수런수런 눈으로 이야기하니
가슴을 쓸어내리며 날아갈 듯
가벼운 몸이 된다
어둠을 감싸 안고 가는 달빛은
꼼짝 않던 덩어리도 녹여주며
흠뻑 보듬으며 간다.

해설

존재의 인식과 자전적 성찰의 탐색

※ 해설

존재의 인식과 자전적 성찰의 탐색

– 임선영 시집 『바람결에 티끌』

김 송 배

(시인·한국시인협회 심의위원)

1. 삶에 대한 인식과 인생론 명징한 정리

인천 임선영仁泉 林仙英 시인이 제4시집 『바람결에 티끌』을 상재한다. 그는 시집 『뉘시오니까』『그대가 날 부른다면』『허공아! 너 다 가져』를 상재하고 수필집도 여러 권 펴낸 중진 시인이다. 그의 작풍作風은 대체로 "자아 인식에 관한 그의 정서와 사유思惟의 흐름을 이해하게 되는데 이는 그가 보편적인 시법詩法에서 창작의 동기나 발상 등이 대체로 자신이 살아온 현실적인 삶(real life)에서 탐색하는 정황을 엿볼 수 있음을 간과看過하지 못한다."라고 제2시집의 해설에서 필자가 이미 밝힌 바와 같이 자아 인식을 통한 사유思惟의 확대에서 창출하는 진솔한 자전적인 성찰의 의미

122

를 포괄(包括)하고 있는 특징을 발견하게 된다.

그는 등단 이후 원불교문인회와 청시시인회 그리고 한국시원 운영이사로서 괄목(刮目)할만한 활동으로 그의 시적 경륜은 독자들의 많은 관심과 호응(呼應)을 받고 있어서 그가 지향하는 삶을 통한 인생관이 확고한 경지에 이르고 있음을 이 시집 전체에서도 확인할 수 있으며 공감의 영역은 더욱 확산할 것으로 이해하게 한다.

그는 "누가 만들어 주는 것도 아닌/ 만들면서 살아내는 고것/ 어떻게 즐겁게 살까/ 무엇을 즐기며 살까/ 좋은 친구 만나서/ 즐기던 노년의 얼굴엔/ 피고 진 세월이 고스란히/ 남는다 했던가(「행복이란」 중에서)"라는 어조에서 알 수 있듯이 자신의 삶에 대한 긍정적인 인식으로 수많은 고뇌와 번민이 동반한 "어떻게 즐겁게 살까/ 무엇을 즐기며 살까"라는 행복에 대한 염원들이 노년의 사유에서 의식의 흐름을 적시하고 있어서 자신의 존재의식을 이해하게 하고 있다.

어제보다 나은 선택을 위해
살아있다 꽃은
때론 누군가를 위해
온몸을 던지고 싶을 때도
초록바다의 봄빛 추억을
노을에 묻으며

갑자기 무거운 먹구름

내려와 앉을 때도

밴취에 버린 기억대신

살아있는 시간을 주우면

하늘마음 쏟아지는 소리

다 지나가며 잊는 거야

삶이란.

- 「다 그런 거야」 전문

임선영 시인은 이처럼 삶에 대한 인식에서 "다 그런 거야"라는 긍정의 어조로 일단 정리하고 있지만 이러한 결단에 이르기까지는 그 내면에 침잠沈潛해 있는 삶에 대한 애착에서 파생하는 다채로운 형상들이 "살아있다 꽃"에 비유함으로써 인생은 곧 "살아있는 시간을 주우며" 봄빛 추억과 무거운 먹구름을 인식하게 되는 것이 우리네 삶의 형태인데 그는 결론으로 "다 지나가며 잊는 거야"라고 수긍하면서 자위自慰하고 있는 것이다.

그는 이미 <시인의 말>에서도 언급했듯이 "무슨 복으로 주신 감사 생활 속에/ 자신을 곱하고 나면 걱정도 시련도 슬픔도 제로가 되는 삶/ 모두가 고마움이 되는 삶/ 화선지에 그림을 그리듯 원고지에 시를 쓰듯/ 난/ 내 삶을 예쁘게 그리고 쓰며/ 살아 갈 수 있어 참 행복하다./ 훌쩍 날아 갈 그날까지"라고 그의 진정한 심중心中의 실체를 토로吐露하고 있어서 그의 인생관이나 가치관을 이해하게 한다.

그는 다시 "슬프게 하는 것/ 미처 깨닫지 못한 마음/ 치유하는 자연이 지닌 본성/ 먹구름 몰려드는/ 삶의 어느 길모퉁이에서도/ 넉근히 견딜 수 있는/ 너그러움 안겨준다.(「화창한 어느 날」 중에서)"거나 "삶의 구비마다 잠시 쉬었다 가라고/ 힘든 마음을 포근히 안아주며/ 내려놓는 자의 마음을 읽는다 (「쉼터에서」 중에서)" 그리고 "스치고 지나가는 정적/ 온몸 더듬고 가는 고요/ 야윈 삶 덮어주는 적막/ 거기에 한 줌 티끌로 앉아/ 즐길 줄 아는 너 無로구나.(「기도 속에서」 중에서)"라는 어조는 바로 그가 지향하는 시적인 관념의 진실이라고 할 수 있을 것이다.

하늘과 친구가 되고
변함없는 그를 알아보면
인생 철들어
쪼끔 마음이 자라는 거라네

세상에 유일하게 변함없는
넓디넓은 친구를 머리에 이고
무언으로 약속을 잘도잘도 지키는
파란 출렁임을 듣고 눈으로 어루만지면
즐거움도 슬픔도 하나가 되어

인생 그거 아무것도 아니지

上下高低 그 실없는 착각
알고 겸손해져 다 놓고 느긋해지면
인생은 벌써 단풍 들어
보따리 싸서 들고 갈
준비를 한다네.

　　　　　　- 「아! 인생 그것은」 전문

　그렇다. 그는 삶을 통해서 절실하게 천착穿鑿한 인생문제에 대해서 진중鎭重하게 사유하는 시적인 구조나 의식의 흐름 그리고 시적 전개를 읽을 수 있는데 이는 그가 감응한 "아! 인생 그것은"에서 그는 인생은 철들었다느니 인생은 벌써 단풍이 들어 식물들의 결실과 시간적인 종말에 대한 이미지를 투영하고 있어서 그가 이제 즐거움도 슬픔도 하나가 되었으니 인생 그거 아무것도 아니라는 결론에서 "보따리 싸서 들고 갈/ 준비를 한다네."라는 의미심장한 어조를 들려주고(telling) 있는 것이다.

　그는 "사랑이 살며시 조는 듯/ 기대어 향기로우면/ 손길 다가와 어루만지며/ 우리 잘 살다 가자// 피고 사그라들고/ 자연의 생사가 인생/ 좋을 것도 나쁠 것도 없지 않던가(「인생이라는 건」 중에서)"라는 어조로 그의 인생론을 정리하고 있는 것이다.

이 밖에도 작품 「무거운 짐」 「인생」 「서러운 세월」 등에서 그가 구현하면서 적시하려던 인생관이 적나라하게 명징明澄한 어조로 표명表明하고 있어서 우리들의 공감을 흡인吸引하고 있는 것이다.

2. 향수에서 재생한 그리움의 진원지

임선영 시인에게는 불망不忘의 그리움이 아직도 생생한 진원지震源地가 있다. 영원히 사라지지 않는 추억이 스며든 향수가 그의 뇌리腦裏에서 명민明敏한 이미지로 재생하고 있어서 이러한 사고思考의 영역도 그가 지향하는 인생행로의 한 부분이라고 할 수 있을 것이다.

우선 그는 작품 「고향」 중에서 "고랑물 돌고 메뚜기 뛰노는/ 고향 길을 가 보셨는지요/ 버들가지 꺾어 버들피리 불라치면/ 동무들 올망졸망 모이고/ 졸졸졸 흐르는 물소리에/ 물방개 피라미 모여들던 그곳/ 산골 도랑 실개천에 가보셨나요"라는 어조에서 이해할 수 있는 바와 같이 그가 보낸 유년시절의 기억을 되살려서 동화같은 이미지로 향수에 젖게 하고 있다.

그는 다시 "자운영 논배미 분홍빛 꽃물결 아롱거리고/ 물총새 할미새 춤추며 날아 내를 건너고/ 친구들 냇가를 촐삭촐삭 건너면/ 가을바람 코앞을 스치며/ 가을 냄새 가슴 시절에/ 들어와 있습니다."라고 마을 앞

의 추억에서 그의 가슴을 울리는 그리움의 보고寶庫를
작품으로 형상화하고 있는 것이다.

> 신작로에 푸라타나스 춤을 추던
> 마한의 옛터라고 늘 자랑하던 터
> 할머니의 손주 사랑 가득하던 곳
> 엄마의 사랑으로 아늑하던 자리
> 배꼽 친구 가득하여 재미있었고
> 집안 어른 가득히 모이던 우리 집
> 평상에 누워 별 하나 별 둘
> 삼베 홑이불 덮고 세이면
> 수 없이 떨어지던 별똥별
> 모깃불 여름 하늘에 그림 그리고
> 풀벌레 모여 합창 무르익으면
> 마당 풍악 품어 안고 잠이 들었지
> 어쩔 수 없었어 어린 시절 회상
> 그곳 하늘이 거기에 바람이
> 텃밭에 단 수수 쪽쪽 빨던 기운
> 그냥 품속으로 기어들어와
> 서정을 만들었고 시인을 만들었지
> 못 잊어서 잊지 못해서.
>   - 「그리운 고향」 전문

이렇게 그는 고향에 대한 그리움이 절정으로 각인刻

印되고 있는데 이는 고향의 정경情景과 동시에 클로즈업 되는 가족들의 생활상이 미감美感의 언어로 직조되고 있어서 그리움의 범주는 더욱 확산되고 있는 것이다. 그는 특히 "집안 어른 가득히 모이던 우리 집"에는 할머니와 손주, 엄마의 사랑이 항상 넘치고 있다.

이러한 그리움은 평상에 누워서 별을 헤아리거나 삼베홑이불 덮고 떨어지는 별똥별을 보거나 모깃불 매캐한 여름 하늘에선 풀벌레들의 합창을 감상하던 "어린 시절 회상"이 그의 가슴을 지금도 설레게 하는 고향, 거기에서 태동한 서정들이 모여서 그를 시인으로 탄생하게 한 영원한 향수로 잊을 수가 없는 것이다.

임선영 시인의 고향에 대한 추억에는 작품 「고무줄놀이」「자치기」「그네뛰기」「널뛰기」「모심기」「나물캐기」「대보름 다리밟기」 등에서 그 때 그곳의 아름다운 흔적의 여운으로 심저心底에 깊게 남아 있는 것이다.

그리움이 눈물처럼 쏟아지는 날
빗소리는 맞는 게 아니잖아요
듣는 거라 잖아요
하늘이 땅으로 내려오는 시간
비 오는 날은 생각이 많아
창문을 열고 흘러내립니다
비가 와야 무지개가 뜨고

비워야 채워지는 자연의 이치
어지럼증 가득한 세상에서
결핍은 그리움을 만든다 했던가
열망했던 것들이
다 타버린 인생의 끝자락
떠나갈 때를 잘 알고
가며 그렇게 쏟아 붓고 비우듯
비를 닮아 가야 하겠지.
－「그리움 쏟아지는 날」 전문

　그의 그리움은 향수에서 발원하지만 이를 확대해보
면 자전적인 인생론과도 상관성을 갖는다. 그는 비 오
는 날 창문을 열고 빗소리를 들으면서도 울컥울컥 솟
음치는 그리움이야말로 "열망했던 것들이/ 다 타버린
인생의 끝자락/ 떠나갈 때를 잘 알고/ 가며 그렇게 쏟
아 붓고 비우듯/ 비를 닮아 가야 하겠지."라는 결론처
럼 그리움의 이미지는 다양하게 형상화하고 있는 것
이다.
　이러한 그의 어조는 작품 「그리워서」 전문에서도
"그리도 많은 선물 중에/ 당신은 붓놀림 춤사위를 주
셨던가요/ 그리울 때면/ 보고파질 때면/ 하루 종일 붓
을 치며 그려 봅니다/ 초록 호남 만리정에/ 아름다운
가야금 소리가/ 단비를 머금은 풀꽃 사이에서/ 들려오
네요/ 아가! 그립다고"라는 간절한 음률로 그의 화폭

畵幅을 펼치면서 그리움을 음미吟味하는 있는 것이다.

이 밖에도 그는 작품 「추억이 된 사람」 「걸어온 길에 서서」 「간다는 것은」 「흔적 (1)」 등에서 그리움은 절정絶頂에 이르고 있는 것이다.

3. 가정 화목과 가족애의 요람

임선영 시인에게서 가정은 가장 중요한 생활의 원천으로서 가족 사랑의 근원을 이룬다. 이처럼 누군가가 말했듯이 가정은 행복을 축척하는 곳이라는 것과 본질적인 인간의 감화感化는 가정에서부터 이루어진다는 진실을 상기하게 된다.

그는 가정과 가족에 대한 애정이 그의 생활 경험과 거기에서 체득體得한 인본주의(humanism) 실천의 장場으로써 자신의 지혜를 투영한 시적인 형상화의 모태母胎가 되기도 한다.

그는 "둥글고 네모 난 상/ 큰방에 차려놓고 숟가락 젓가락 장단/ 쌀밥은 할머니 밥 보리 섞은 손주들 밥/ 된장국에 김치면 맛있던 집/ 형제자매 아랫목에 발 담그고/ 옹기종기 한 이불 덮고/ 철없는 정 스며들어/ 서로 끌어안고 자던 집/ 굴곡진 언덕 넘어온 정과 사랑/ 꿈과 희망 시와 그림으로 피게 한/ 노년의 인생 수를 놓게 한/ 그리운 고향집. (「그리운 고향집」 중에서)"에서 보는 바와 같이 고향집의 정경에서 취택한 이미지는 바로 온 가족들의 사랑과 정, 그리고 꿈과 희망이 넘치는 가족애의 요람이다.

옹기종기 모였네
잔소리하는 나무 그늘 밑
어리광 부리는 꽃
투덜대는 정원수
손잡고 어우렁더우렁
세월 유수 타는 터
전생 어울렸던 인연들 모여
환한 꽃밭 이루어 놓은 자리
슬플 때 가만히 손 내밀어
시린 시간 아늑함 안기는 곳
아프다고 말하면
밤이 북극성을 덮어주듯
야윈 삶을 안아주는
따스한 아랫목이여라.
― 「가족은」 전문

그가 구현하는 가족은 "전생 어울렸던 인연들 모여/ 환한 꽃밭 이루어 놓은 자리/ 슬플 때 가만히 손 내밀어/ 시린 시간 아늑함 안기는 곳"이라는 그의 심저에는 여기에서 희노애락喜怒哀樂의 모든 정서의 기원으로 화목과 우애의 상징이다.

또한 그는 "옹기종기" 모인 가족들을 나무와 꽃, 정원수의 다양한 형태들로 비유함으로써 더욱 화기애애 和氣靄靄한 분위기의 가족애를 적시하고 있어서 그의 가족들의 "야윈 삶을 안아주는/ 따스한 아랫목이" 되어주고 있음을 이해하게 한다.

넓디넓은 인생이란 초원에
덩그러니 둘만 남아서
피차의 실수를
한없이 흡수하는 호수

그는 귀머거리가 되고
난 눈 뜬 소경이 되어
뜸을 들인 후 성숙해져서
세월의 장식장에 앉아있는
해묵은 골동품
이만큼 세월 보내고 보니
부부란 참고 또 참는 길만이
최선이란 얘기를 하며
행복해야 할 부부의 아이들이
우릴 보고 있음을 기억하며
둥근 보름달처럼 산다.
　　　　　　　－「老夫婦」전문

133

임선영 시인은 가족 중에서 가정 먼저 대할 수 있는 부부에 대하여 각별한 애정의 범주를 각인시키고 있는데 그가 인생의 출발점과 실재實在의 생활상에서 감응하는 사랑의 감도感度는 계량計量하기가 어렵다. 이제 "老夫婦"란 세월이 어쩔 수 없이 달아준 이름표 앞에서 만감萬感의 교차를 되새기고 있어서 그는 부부에 대한 정의情誼를 '그는 귀머거리가 되고/ 난 눈 뜬 소경이 되어/ 뜸을 들인 후 성숙해져서/ 세월의 장식장에 앉아있는/ 해묵은 골동품'이라는 비유로 그들만의 애정은 바로 "이만큼 세월 보내고 보니/ 부부란 참고 또 참는 길만이/ 최선"이라는 결론에 도달하고 있는 것이다.

그는 작품 「偕老」 중에서도 "주체할 수 없는 웃음과 화목/ 퍼지게 하는 저 꽃/ 초로로 같이 걸어가는 길에/ 핀 저 꽃."이라는 비유법으로 노부부의 상념想念을 표명하고 있는 것이다. 이 밖에도 아버지와 어머니에 대하여 그에게 각인된 이미지가 재생되고 있다.

아버지에 대한 추억은 "줄 서서 기다려야 먹던 집/ 아버지 팔짱 끼고 기다리던 집/ 서설이 어찌나 쏟아지던지/ 벌벌 떨며 손시럽던 날/ 아버지 정 때문에 견디던 그날/ 그 집 김치는 왜 그리 맛있고/ 닭 국수물은 그리 고소했지/ 맛있지 많이 먹어라(「서설이 쏟아지는 날」 중에서)" 그리고 어머니는 "긴 세월 기다림에 지친/ 눈물 가득하던 그 눈/ 이제야 느껴지는/ 여인의 말없는 하소연// 어머니 모습(「하소연」 중에서)" 등으로 부모에 대한 효심도 그의 가족애에서 간과看過할 수 없는 시적 진실이다.

이 밖에도 그는 딸냄이, 손녀, 손주들에 대한 사랑이 "지성인가 감천인가/ 설빔 속에 곱구나/ 꽃같이 자라거라 아가/ 우리 똥강아지들아"라고 가족과 가정에 대한 애정이 절정에 달하고 있어서 화목한 가정의 모범으로 우리들은 부러움의 대상이 되고 있는 것이다.

4. 전원 서정과 계절 향연의 이미지

임선영 시인은 지금까지 다채로운 인생 행로의 체험을 통한 과거의 시간성에 대한 추억이나 불망不忘의 현상들을 집대성하여 자신의 시적 진실로 토로하고 있으나 결정적인 시적인 주제는 그가 생장한 전원에서의 서정성을 배제하지 못한다.

이는 고향 전래傳來의 다양한 풍습이나 자연 환경에서 각인된 생활상들이 추억으로 회상하여 재생한 이미지들이 그의 시혼詩魂을 불태우면서 작품으로 승화하는 모습을 간과할 수 없을 것이다.

새벽의 합창 고막을 친다
나무들 키 재기하는 뒤뜰에서

이웃한 새들 새벽잠 깨우며
눈 빗장 스르르 열리게 하고
가슴 벽 열리는 소리
하루를 열게 하는 저 아우성
개구쟁이 시절
창호지 사이로 어슴푸레
간 보이던 밝음이 시작되면
벼슬 달고 오색 도포 일생 벗지 않고
잠자리에 든 생명체 깨우던 꼬끼오
시계 없는 시골 마을
농부들 새벽 일터를 챙기던 소리
세월 구비고비 강산 뒤집었는 데도
서로 다른 소리의 울림으로
무상 보시하는 자연의 가르침
또 다른 하루 신의 선물.

　　　　　　　　　　－「새벽의 함성」 전문

　그렇다. 그는 개구쟁이 시절, 시계 없는 시골 마을
에서 "잠자리에 든 생명체 깨우던 꼬끼오" 새벽닭 울
음소리나 "농부들 새벽 일터를 챙기던 소리" 등이 그
의 청각聽覺이나 시각에서 영원히 지워지지 않은 생生
의 한 단면으로써 "무상 보시하는 자연의 가르침/ 또
다른 하루 신의 선물."이라는 결론의 어조처럼 그의
시적인 서정성이 정리되고 있음을 이해하게 된다.

이러한 그의 순정적인 서정은 작품 「어스름」 중에서도 "숲길이 정말 아무렇지 않다는 듯/ 벌써 불그레한 얼굴을 하고/ 무심히 서 있다/ 한참 있다가 봐도 그냥 있다/ 그 옆에 한 생을 다 하고 지쳐 쓰러진/ 노란 풀잎 떼기도"라는 순수한 한 생의 서정적인 이미지가 내포되어 있음을 알 수 있을 것이다. 이와같이 그는 무상 보시하는 자연과 더불어 이 자연이 변화하는 시간성, 계절의 순환에서 감응하는 그의 정서는 그 계절적인 이미지가 사계절마다 다르게 현현 되지만 거기에 투영하는 자신의 사유는 궁극적으로 자연 서정의 범주에서 무관할 수 없는 것이다.

벚꽃 눈부셔
풍경 속에 마음 치대며
꽃비 맞으며 가는 길
적적한 황혼 흔들린다
처진 가슴으로
만개한 꽃길 헐며 가니
가지에 솟구치는 순처럼
가슴으로 번지는 불씨
눈 시린 꽃분홍 봄
봄 그림자에 눈 배인
시인에게 말을 건넨다
그대에게 무엇이 되어줄까

하늘 아래 꽃잎은

해롱해롱 휘날리며 묻는데

할 말 잃은 황혼은

시간을 두르며 일렁인다.

– 「꽃 부신 날」 전문

그는 우선 봄에 대한 서정에서부터 사계절을 모두 자신과 동화(同化-assimilation)해서 꽃길에서 꽃비를 맞으면서도 "그대에게 무엇이 되어줄까"라고 꽃들과 시인은 순진성 넘치는 교감을 하고 있어서 "할말 잃은 황혼은/ 시간을 두르며 일렁인다."는 어조로 세월의 무상함을 한탄恨歎하는 내심內心을 읽을 수 있게 한다.

이처럼 그는 봄뿐만 아니라, 철마다 생성하는 자연환경에서 그가 관조觀照하면서 취택하는 무수한 형태의 그림을 그려서 보여주고(shwoing) 있어서 그의 전원적인 온화한 심저心底의 내면을 이해하게 한다.

그가 사계절마다 창출한 시법詩法은 대체로 다음과 같이 현현하고 있어서 그의 서정은 자연과 시간의 조화에서 깊이 감응할 수 있을 것이다.

* 봄 = 꽃 피던 자리에/ 꽃눈이 휘날린다/ 한 세상 잠깐 왔다/ 몽유도원 길 만들더니/ 눈길로 노래하고/ 향기 듣게 해주며/ 시로 눈 감게한다(「꽃 지는 어느 날」 중에서)

* 여름＝한 치도 버릴 수 없는 더위 맛/ 인생의
  절정기를 보듯/ 언제 못 볼지 모르는/ 정열의
  계절 끌어안으며/ 흐르는 땀을 닦는다.(「여름맛」
  중에서)
* 가을＝어느 사이 따스해진 마음/ 가슴에 걸린
  달이/ 눈꼬리 올려주며 간질이는 말/ 우린 닮은
  꼴이잖아/ 가을 날 서재에서 답을 읽는다.(「가을
  이 들려주네」 중에서)
* 겨울＝하늘 끝에서 겨울잠 자다/ 놀라 깨어보니
  입춘 다 지났네/ 화들짝 놀라며/ 그냥 설레 벌
  레 쏟나 보다(「겨울 선물」 중에서)

5. 結 − "바람" 이미지의 시적 상관성

임선영 시인은 이 시집 전체를 통해서 "바람"에 대
한 이미지의 형상화에 심혈心血을 기울인 흔적이 역력
歷歷하게 나타나고 있다. 이는 바람이라는 무형에서
발상하는 시법은 흔들린다, 일렁거린다, 혹은 아무것
도 없는 무無이거나 공孔, 나아가서는 허虛라는 정신적
인 지혜의 가치관일 수도 있을 것이다.

화선지에 펼쳐졌던 한 생
붓을 들고 생각하니

창해에 거품이었고
바람결에 티끌이었구나
사계절 푸르르려 곧게 서있던
늘 푸른 소나무에서
떨어진 가녀린 이파리 한 잎
보이지도 흔적조차 찾을 길 없는
보잘것없는 한 잎으로 땅에 져서
먼 하늘을 보니
흰 구름으로 두둥실 떠다니
흔적 없이 스러져간 구름 한 조각
최선을 다 하다 이름 없이 스러져간
무상의 그것.

- 「바람결에 티끌」 전문

그는 이 시집의 표제시標題詩이기도 한 "바람의 티끌"은 우선 바람과 티끌의 대칭적인 의미가 바로 무상無相이라서 볼 수도 없고 느낄 수도 없는 형이상적形而上的인 정신세계에 몰입함으로써 인생무상과 비존재적非存在的, 어쩌면 허무虛無에 도달하려는 인생관을 모색하는 진실을 확인하게 하고 있는 것이다.

뭘 하지 않아도 괜찮은 날
뭘 해도 속 빈 강정 같은 날
책은 적당히 쌓아두고

읽고 싶은 손이 가는 것을
쏙 쏙 뽑아 읽는 재미로
메꾸어지는 하루

언어에도 그림자가 있을까
그림자를 가진 시가 있을까
향을 맡은 감촉 손 끝이 전율하더니
잉태한 시가 쏙 빠진다

적막이 이리 아름답다는 것 알즈음
두터운 커튼도 그림자를 가리지 못하고
굳게 닫힌 창문을 열지 않고 들어와
잠든 공간을 흔들며 깨운다

시의 그림자가
내 생의 한순간을
흔들어 깨어 있게 한다.
　　　　　　　　　－「적막과 적막 사이」 전문

　임선영 시인의 작품의 주제는 시와 접맥接脈하는 모
든 사물과 관념에 대한 집약을 살펴볼 수 있는데 그
는 이 "적막과 적막 사이"에서 감지感知할 수 있듯이
이 적막이 의미하는 진솔한 상징이나 이미지는 무엇
일까. 어찌보면 적막의 현상도 앞에서 말한 허무나 무

상과도 밀접한 상관성을 형성하고 있다. 이러한 심경
心境에서도 그는 시와 연결하여 그의 의지를 발현하고
있어서 그의 원불교적인 신심信心과 시심詩心이 동시에
승화하고 있음은 주변인의 공감영역은 무변無邊으로
치달을 것이다.

그의 뇌리腦裏에는 현재의 자적自適에서도 언어의 그
림자나 그림자를 가진 시를 탐색하고 있어서 그는
"적막이 이리 아름답다는 것을 알즈음" 시의 그림자
는 그를 흔들어 깨우고 있는 것이다. 그가 이 시집에
서 추구하려는 시적인 감성은 대체로 다음과 같이 나
타내고 있어서 임선영 시인의 시적 지향점은 어디인
가, 또는 무엇인가를 능히 예견할 수 있을 것이다.

- 그림 속에 그리기도 하고/ 시 속에 쓰기도 하
  고/ 생활 속에 웃음 짓게 하는/ 여기저기 가득
  한 수수한 저 꽃(「偕老」 중에서)
- 찾아들 화사한 자연의 분칠들이/ 눈앞에 잔치
  를 벌이면/ 세월을 잊은 예술혼은/ 붓을 들고
  시를 쓰겠지 (「봄 손님」 중에서)
- 산야에 눈바람은/ 흰 물감을 쏟아내며/ 서리
  눈발로 펑펑 우는데/ 겨울 선물 받은 나그네
  아랫목 이불된 마음/ 시로 화답한다 (「겨울 선
  물」 중에서)
- 서서히 떠나는 한 폭의 풍광/ 안갈 듯 넘어가

는 인생 같아서/ 해질녘 안겨드는 시를 휘여
잡고/ 낙조와 어울려 얼씨구/ 가슴 꽃망울 툭
툭 터진다 (「해넘이」 중에서)
- 한 세상 잠깐 왔다/ 몽유도원 길 만들더니/ 눈
길로 노래하고/ 향기 듣게 해주며/ 시로 눈
감게 한다 (「꽃 지는 어느 날」 중에서)

이제 인천 임선영 시집 『바람결에 티끌』 읽기를 마
무리 한다. 그가 자칭自稱 황혼기에 대한 만유萬有의
실재 상황들이 그의 시각이나 청각에서는 모두가 한
폭의 그림이며 한 소절의 시이다. 그는 화가로서의 경
지도 괄목할만한 경륜을 소유한 시인으로 그가 주창主
唱하는 화중유시畵中有詩와 시중유화詩中有畵에 대한 개
념을 절대적으로 실현하는 시인과 화가의 숭엄崇嚴한
인격자로서의 예술세계를 확고하게 영위하고 있는 것
이다.

그는 삶과 인생에 대한 성찰을 통해서 창조하는 시
적인 진실을 만인들에게 들려주는 현재의 위상은 존
경의 대상으로 영원히 남아 있을 것이다.

시집 발간을 축하한다. ✍

임선영 제4시집

바 람 결 에 띠 끌

1판 1쇄 펴낸날 / 2023년 4월 28일
지은이 / 임선영
펴낸이 / 김송배
펴낸곳 / 도서출판 시원
등 록 2000.10.20. 제312-2000-000047호
03701. 서울시 서대문구 연희로 11사길 16-4
전   화 : 010-3797-8188
E-mail : ksbpoet@daum.net
Printed in Korea ⓒ 2006. 시원
찍은곳 / 신광종합출판인쇄 (Tel 02-2275-3559)
배부처 / 책만드는집 (Tel 02-3142-1585)
04022. 서울시 마포구 양화로3길 99. (지하)

ISBN 978-89-93830-59-0   03810

값 / 12,000원